구토가 일어. la nausée. 살아가는 길이
때로는. 속에서 밀려 올라오는 메스꺼움을
참을 수 없어 허우적질을 하다 꿈을 꺼낸다.
손끝에 푸른 잉크의 흔적으로 더러움을 지우며.

李明煊

빈 몸의 경지_{境地}

빈 몸의 경지境地

매혹시편
1

이명희 시집

북치는소년

제3부 · 구름 위의 손짓

제4부 · 봄날에 꾸는 꿈

제1부 · 달 이야기

게눈 속의 순수

몸뚱이는 원래 이렇게 생기지 않았다
원하지 않아도 어느새 비대해졌다
껍질을 벗어버리지 않으면 죽을지도 몰라
음흉하게 자란 살집
마디는 벌어지려고 시간을 다투고 있었다
몸을 비틀어 조금씩 살갗을 움직였다
짐작 못할 정직과
순수
사지 벌려 육시戮屍하듯 비틀고 비틀다
드디어 떨어져 나갔다

좀 비루할지는 모르겠지만 살아있었다
한 손에는 탯줄 같은 나뭇가지를 쥐고
구토가 일었지만 꾹 눌러 삼켰다

그믐

하얗게 쏟아지는 달빛
깊은 어둠을 표백해 밝히면
하루씩 그 빛에 여위어 가는

서녘으로 지는 노을에 스윽
가슴 한쪽 잘라 던져주었는데
새로 날을 세우는

끝없이 제물을 원하는 허기
다시 한덩이
철철 피 흘리며 던져준다

미소가 캄캄한 하늘을 찌른다
하얗다 못해 날카로운 푸른빛

이 밤을 견딜 수 없다
가슴을 뭉텅 모두 잘라 주어야만
무엇이든 자릴 잡을 터

그래 자 먹어라
내 심장을 먹고 네가
자랄 수만 있다면
기꺼이 나를 던져 너를 채워주마

팔과 다리를 거침없이 잘라
기꺼이 여위어 주마

달의 시간

어린 아들에게
젖 물리고 누워
보드라운 엉덩이 한껏 두들겨주고 싶다

달은 꽉 차
가슴은 부풀어 봉긋거리고
팔랑팔랑 치맛단 부풀리는 어린 계집아이
바람 속을 뛰어 다닌다

빈 바람만 일고
공허는 언제나 제일祭日처럼 찾아와
빈 것도 빈 것대로
가득함이 있는 거라 애써 웃었다
거푸집을 허물었다

달은 또다시 붉어지고
물을 당기며 저 혼자 온 기력을 다한다
가물었다 여지없이 꽉 채워지는
하루도 어김없이 치러지는 봄의 시간
물은 생생한 비린 맛으로 튀어 오르고
비린 것은 빈 땅을 적시어 붉어진다

닫힌 문은 다시 열리고
울컥 쏟아내는 충혈된 생목
그래 이대로 한세상이다

빈 몸의 경지境地

한 점 희미한 불빛도 없어
캄캄한 어둠 속을 걷는다

몸은 아무것도 채우지 못하고
끈끈한 달의 둥근 장력만 삼킨 채
허공에 놓인 텅 빈 누옥이다
바람에 흔들리는
풀 꽃 하나 피우지 못해
허겁지겁 씹어 삼킨
시간도 침묵도 흔적을 지운다

달의 주기는 검은빛으로
붉은 피 흐르지 못해
고이고 고이다 기록된다
사람들은 완경을 말하지만
아무것도 이루지 못한 경境을
덮어야 하는 시점時點이 있다
비우고 비우다 경지境地가 되는
텅 빈 몸, 비움의 경지耕地를 위하여

부지런한 몽상가

빛의 부스러기 그러모아 절정을 이루는

때로는 횃불을 든 듯,

적막한 봄, 시작 신호를 켜듯

뾰족한 몽우리 환해지는

겹겹이 움츠린 동작들

단단한 대지를 뚫고 올라오거나

가지 끝 단애斷崖 뒤꿈치 세우고 서는

한껏 웅크리며 울음 삼키고 기다리던

무릎 너덜거리도록 서성이던

삼키고 뱉고 버렸던 조각들

물고기처럼 튀어 오르는, 순간순간

심장은 환하게 두근거렸다

세상이 온전해졌다

절정의 순간 고요하다

프레스코 몽상

어떤 이유인지
갸웃 기울고 있는 몸

벽에 기대
마르기 전

붉고 푸른 그림자
다 발라 어둡게

회반죽이 마르기 전
꽃을 도려내

일그러진 그림

서둘러 열리지 않는 것들

푸성귀를 사고
빛깔 좋은 야채를 산다
핏물 붉게 배어나오는 살코기도 몇 점
펄떡이는 생선 비린내도 한껏 실어둔다
오는 길 그림자 길게 늘이는
저녁노을의 축언도 잠깐 멈춰 옮겨 담았다
바람도 참 좋은 무렵이다

손끝을 놀려 맛이 배인 것들
한 가지씩 차려 올려놓는 성찬,
흐뭇한 눈길 오래오래 뒤섞으며 천천히 복기해야지

다음 진설은 조금 더 정중하게
조금 더 간절하게
무릎이 닳아 없어져도
천천히 가장 느린 듯 서둘러
길 위에 길 하나 낳으러
당신이 가는 길, 뒤로 짙은 채색 덧칠하며

세상에서 가장 근사한 상 걸게 차려야겠다

생일

보름달이 이울기 시작하면
내가 태어난 별자리가 볕을 쬐어요
붉은 장미가 혀를 내밀고 태양을 핥을 때
거기 작은 나뭇잎 그늘에 숨어
장미의 수액을 훔치죠
열을 지어 부지런히 길을 가던
개미가 힐끗 시선을 던지면
조심스럽게 발끝을 치워주어야 하죠
어디선가 휘파람 소리가 들려요
자꾸만 혼선을 일으켜 해독되지 못하고
그저 누군가의 노래이거니
손을 흔들어 줄 뿐이죠
빛들은 사물들의 그림자를 찍어요
아기 손 투명한 흔적이 때로 짙어지면
조용히 호흡을 삼키며 서투른 기도를 올리죠
연두 여린 이파리들 서로 어깨를 부딪히면
수심 얕던 하늘 초록으로 물이 들죠
서로 닮지 않은 것이 없어요
가끔 마주 서도 알아채지 못하지만
알 수 없는 기호를 옮겨적다가 멈췄어요

그녀들의 경지

카시오페아 황녀의 자리 아래
늦은 복숭아 어두운 하늘을 지킨다
새초롬한 별빛 조각 더딘 발걸음이다
맑은 밤이슬 발목을 핥는다
때를 놓쳐도 단내 가득한 수줍은 향
사라지지 않는 시간, 휘어진다
느린 속도는 단단한 열매를 달았다
별자리 툭툭 환한 빛이 짙다
미래가 당겨져 금방 과거로 달려왔다
몸을 한껏 낮추던 그녀들은 울음을 새겼다
소리는 둥근 자리를 틀었고
투명한 밤은 한 꺼풀 익어가며 단단해졌다
복숭아꽃 지천이겠다

경계는 서로를 외롭게 지킨다
겹겹의 방으로 나뉜다

꽃피고 복숭아 씨방 열리면
훼절된 공간이 현현ﷺ하는 세상이 된다

나를 만나고 나와 헤어지다

사막도 아닌데
마른 모래 냄새가 난다
작은 배낭 메고
먼 데서 찾아온 그녀
하늘 담은 낙타
순한 저녁을 껌벅인다

함께 차를 타고 달리던 사막
먼저 앞서 걸어가던
이른 기침
조심조심 나눠 쓰던 게르의 새벽

추억은 배낭 속 짐
말없이 노란 리본을 접다가
일어서 행렬을 따라 걷다가
다시 헤어졌다

두툼한 발바닥
사막을 걷기에 적절하다

아니 만들어진 몸
터벅터벅 걷다가
무릎 툭 꿇고

안산에 갔다가
순창으로 내려간다고

돌아서면 나이기도 하고 내가 아니기도 하다

불완전한 착지

조그맣게 움츠러든 몸
바람에 날려 낙엽인 듯 구겨져 있다
풀잎의 기적에 놀라
숨죽인 긴장 단숨에 깨지고
띄엄띄엄 날아서 나무 그늘로 숨는다

가끔씩 회유당하는
유리 속 세상인 줄 모르고
뛰어들었다 날개는 꺾이고
정지된 박새 한 마리
감았던 눈 천천히 뜬다

,환상통

어머니

팔 하나 잘라 주세요

배가 고파요

다리 하나 잘라 주세요

허기가 가시지 않아요

어서 어머니를 먹고 무럭무럭 자라야 해요

다시 작아져서 뱃속으로 들어가기 전까지

세상 다 움켜쥔 듯 커져야 해요

어머니 눈물을 주세요

방울방울 목걸이를 만들어

시간을 재고 말 거에요

거죽과 속거죽 사이

이슬이란 이슬은 다 말랐어요

어머니 젖을 주세요

끝없는 이 굶주림 재워 주세요

흐릿한 눈동자

자꾸 먼 이야기 하지 마세요

눈앞에 엄마 아기를 바라보세요

어머니 손 놓지 마세요

마른 손, 앙상한 나뭇가지

습기란 습기는 다 빨리고

투명해진 피부를 보여주지 마세요

어머니 이제 나의 아기가 되어 주세요

부드러운 잇몸으로 오래오래 되새김질해 주세요

당신의 그 어린 바람과 추억과 회한을

샤넬 넘버 파이브

조금씩 틈이 벌어지고
그 사이를 시커먼 침묵이 자리한다
하루씩 게걸스럽게 먹어치운 시간
거리가 아주 멀어졌다
다시 찾기는 서먹할
길은 꽁꽁 얼어붙었다
아무리 걸어도 이전의 그곳을 찾을 수 없다
좁아진 어깨
삐걱거리는 손목
한번 넘어진 관절은 자꾸만 꺾였다
어둠은 깊어지고
꽃은 다시 돌아오지 않았다
행성과 행성은 추억을 밀어내며
미궁 속으로 가라앉았다
세상은 빛을 삼켰고
검은 홀이 거대해졌다

앗, 여기는 지금

먼로의 향수는 옷이 되지 않았다
벌거벗은 영혼
맨 눈으로 차가운 눈송이를 안았다

겨울이었다
유성의 꼬리가 길게 사라진
잎담배를 말아 추위 대신
뻐끔뻐끔 미련한 꿈을 토해내고 있다

화이트 아웃,

너의 초경

아무도 밟지 않은 흰 눈밭 같은
너의 첫 피, 만큼이나

붉고 뜨거운 나의 눈물 한 방울,

수줍고도 당돌하게 찾아온 너의 첫 여자,

그것이 마구마구 슬프고 무서운

나는 마지막을 남겨놓고 있는 여자,

시작인 너도
끝물인 나도
같은 강물 타고 넘실거리다
어느덧 잔잔히 멎어버리는 거야

시작할 때도 떨리도록 두렵지만

끝날 때도 떨리게 두려운
너의 첫 피,
나의 마지막 피,
이 짧은 행간에 숨어 있는
기다란 말줄임표

......

— 이선영의 초경을 바라보며

하나 둘 셋 넷 다섯, 그리고 여섯,,,,,,

말줄임표,

내가 정말 사랑하는 말줄임표,

너를 사랑했다,
너를 사랑했다,

너를 사랑했다,

너를 사랑했다,

너를 사랑했다,

너를 사랑했다,

너를 사랑한다.

나의 말줄임표는 너에게로 향하는 끊임없는 문자
였다.

세상은 잠들고 싶어 잠시 고요한 때.

그 고요 속에 잠들고 싶은 나는,

키보드 톡톡톡톡 잔잔하게 물결치듯 움직이는 손가
락 끝에 매달리는

작은 소음, 작은 그리움,

너의 초경을 읽는다.

어느새 베이비 붐, 종막을 알리고

다시 시작해야 한다고 끊임없이 다그치는

그 소음으로 나를 베어내고 또 베어낸다

베어내다 그 끝은 어디 즈음에서 멈출까,
하얀 은백의 몸피, 무한한 여백을
감히 한 번이라도 가져볼 수 있을까,
난 너의 초경을 그리워한다,
초경은 결국 종경에 이르게 하겠지

김수영이 아닌 이선영의 근접하지 못하던 시를,
오십이, 폐경 즈음에 이르러서야 읽으며,
불을 켠다. 간절한 촛불 한 방울 태울까,
틱, 길에 수없이 굴러다니는 가스라이터로 불을 켠다

초경을 위하여,
초경이 마지막 경전을 이루는 즈음에 서서,
아득하게 뒤를 돌아본다
아이들이 소음을 끓이고 있다
돌아다보지만 간여하지는 못하는,
그저 바라보며 훔쳐보는 낡은 시간의 뭉텅이,
이제는 초경으로 다시 살아날까,
새로운 꿈을 꾸려고,

베갯잇을 바꾸고, 잠자리 각을 맞춰 다시 펼친다
내일은 여름내 땀에 전 이부자리를
맑은 햇살과 투명한 바람에 맡겨 보리라.

바람이 불고, 바람 끝에 눈물이 매달린다
매달린 눈물이 또렷이 떨어지는 한 시점,
구르며 흘러가는 모습을 보는 것도
세상의 아침이다

난 너의 초경을 나의 종경의 한 점으로 찍는다
이선영의 초경을 읽으며,
화이트 나이트,
애절한 음절을 톡톡톡 한 음씩 끊어 읽는다
밥솥에 새로 앉힐 한 알의 배아를 받아낸다
화이트 나이트, 화이트 아웃,
아웃은 다시 열리리라,
그 아웃을 위하여 간절한, 무릎 톡톡 꺾이는 경배를
올린다
피가 베이는 자리를 다시 펴고, 또 펴고,

오늘도, 모든 끝에 맺히는 시작을 한 알의 열매로,

잡아챈다, 꿈일지라도.

이 밤이 모두가 허상일지라도,

가고 또 가다 숨을 멈추더라도,

거긴 또 다른 숨이 기다리고 있으니,

그 숨의 리듬을 새로 얻은 듯이 한 발 한 발,

굳은 각질을 벗겨내고,

점점 투명해지는 지점을 향해서,

화이트 나이트, 화이트 아웃,

소음도 없이, 모두와 단절된 한 지점.

그 지점에 가 초점을 맞추기 위하여

오늘은 마른기침 콜록콜록,

미루나무 잔바람에도 잘랑이며 수다를 떨듯,

잠시 일렁인다.

일렁인다.

일렁이다 잠이 든다. 아, 천형 같은 이 지루함이여.

2012. 9. 13. 을 향하는 아직은 수요일인 밤이여.

밀레니엄을 지나고도 평온을 거짓 위장하고 있는 시
점時點.

안녕, 모든 끝나는 것들을 위하여,
안녕, 모오든 새로운 시작을 위하여.

건배.

제2부 · 낯선 사랑

내 심장을 드세요

오늘 또 심장을 조각냈어요
빛나는 흰 접시 위에 살풋 올려놓았지요
유난히 비가 많은 가을이었어요
맑은 햇살에 속살까지 투명하게 말리다
어느 땐
퉁퉁 불어 흩어지다가
자꾸만 눅눅해졌어요
그래도 한 점만 드셔보세요
당신이 내 심장의 마지막 조각을 먹을 때까지만
터질 듯 두근거리며 버티고 있을 거예요
그러고 나면
겨울이겠죠
여기저기 피어나는 보랏빛 멍
온전히 드릴게요

벽화 그리는 남자

　하루를 출렁이며 꽃 하나씩 그린다 저녁 해거름 때 이른 아침 문 앞에 앉아 흔들리는 꽃 낙타의 눈 속에 잠긴 푸른 하늘 거리의 아이들 옮겨와 흰 자작나무 그림 속 술에 달군 심장 불 꺼진 깊은 밤 순한 야크 무릎 꿇고 되새김질하는 기도 바람 가르며 초원을 달리는 근육, 눈은 선하다 사구를 달려 내려가다 멀어지다 황혼녘 한 점 박아 넣고 쪼그려 곁에 앉은 계집아이 눈 속에 바람도, 풀꽃도 초원을 가르는 말들도 그려 넣었다 소실점이 되어 여자는 그가 그린 벽화 속으로 걸어 들어간다.

몽흐바타르*의 노래

바람이 분다
휘파람 길게 귓가를 핥는다
세상 모든 것들이
바람으로 살아나는 순간
한없이 몸을 낮추며
경건하게 대지를 향해 무릎을 꿇는
작은 풀꽃
온 힘 기울여

바람이 분다
그가 흔들리고
내가 흔들리고
뒤섞이다
깨어나 마주 선다

밤마다 쏟아지는 유성
먼 곳에서 씨톨 하나 날아와
박혀 자리를 틀었다
대지에

심장에

그리움의 둘레를 밟으며
천형 벗어 버리지 못하고
다시 바람이 분다

* 영원한 영혼이라는 뜻, 몽골남자 이름 중 하나

글렌 굴드*를 위하여

온통 호수였다가 강물이었다가
다가가면 마른 흙 풀풀 일으키는
빛의 수막

먼 산이 술렁인다
푸른 바다에 홀려 나선
이른 아침 산책
잠 깨지 못한 채 어지러이 흩어져 있는
길 위에 서서
바라보는 바다는 가까워지지 않았다

그대 있으니 다시 길게 길을 낸다
지나면 사라질
구름 위의 산책

* 바흐의 골드 베르그 변주곡의 해석이 가장 뛰어난 연주자

날짜 변경선

새 그림자
마루를 핥고 지나간다

자꾸만 연착되는 시간
배우들은 대사를 복기했다
혼자 어두운 골목길 돌아서 국수 사러 가는 여자
검은 공간에 하얀 연기를 피워 올리는 남자
길은 환해지지 않았다

남자는 여자를 떠났고
여자는 남자를 보내지 않았다
꽃같이 아름다웠던 시절
낯선 도시 유적 기둥 속에 갇혔다

어둠이 내렸다
새 울음 금을 긋는다
누구든 다시 처음으로 돌아간다
남자는 여자를 만났고
여자는 남자를 만난다

그는 돌아오지 않았다

기록 속에서만 기억됐다

사랑은 언제나 현실이었다

우리는 늘 끝나는 지점에 서 있다

그대를 부를 때는

빛의 부스러기 그러모아 뭉친다

땅의 음기에 불을 지핀다

적막한 봄, 시작하고 호루라기를 불듯

겹겹이 움츠렸던 생각을 풀고

단단한 대지를 뚫고 나오는 풀잎처럼 새초롬하게

가지 끝 단애斷崖 뒤꿈치 세우고

꾸역꾸역 울음 삼키며 기다리던 길 끝에서

무릎 너덜거리도록 서성거리던 석양을 안고

뱉어도 떨어지지 않고 달라붙는 고리

날개처럼 지느러미 활짝 펴고 수면을 친다, 순간 암전

장전된 심장 산탄처럼 튀어 흩어진다

돌돌 말린 솜사탕처럼 순하게 달콤해진다

세상이 가끔 온순해졌다

끝은 고요하다

그때 그렇게 빛과 빛 사이에 머물렀다

혼자 하는 생각

바람이 왼쪽에서 불어 오른쪽으로 지나갔다

진달래꽃 흔들흔들 환하게 웃고 있다

산벚꽃 길 일러주느라 점점이 하얗게 찍혀있다

흙 속에 숨어 있다가 혓바닥처럼 솟아오른 것들을
보고 또 본다

마른 나뭇가지 뚫고 나오는 새순에 손가락을 대본다

숲은 초록살 새록새록 채우고 있다

아이들 웃음소리 운동장을 동그랗게 울려댔다

바람은 오른쪽에서 불어 왼쪽으로 지나갔다

그대의 안부가 멀어 초록빛 속에서 혼자 깜깜해진다

봄볕에 맘을 섞어 놓고 흔들린다

물기 가득한 이파리들 그림자 짙어가는 사이

헛헛한 생각은 이쪽에서 저쪽으로 달아난다

진달래꽃 흔들리고 철쭉도 철없는 웃음 흘리며 흔들
린다

한낮 산책길 들썩거렸다 가라앉았다

다시 책상 앞에서 좌선 중이다

키 작은 부추꽃

아무도 알아볼 수 없는
누구도 들을 수 없는
그런 미소로
그런 눈빛으로
새벽 들판에서 만난 당신

몽올거리는 속엣말
뱉어내지도 삼키지도 못하는
기다렸어요 지금 이 순간까지도
바람이 전하는 소식 들을까
가끔씩 흔들리기도 했지요

그런 그대가 있어
황야는 깊이 숨쉬고
사막은 황금빛으로 불타곤 하지요
석양은 언제나 생의 절정
새벽이슬 한 방울을 위해
은하수 조용히 흐르지요

당신의 웃음소리

당신의 한숨 소리

슬픔 삼키는 흐느낌 소리

작은 몸으로 세상을 버티는

그대가 있어 뜨거운 대지는 꿈틀거리고

섬

소리 없이 돌아가는 환풍기
햇빛을 돌려서
실내로 탈탈탈 풀어놓는다
그림자 자리 비켜서면 드러나는 사물들
어둠 속 숨소리
촛불 끝에서 녹아드는 공기
춤의 변주, 생은 반복의 변주
매캐한 봄 먼지
문을 깊게 밀고 들어온다
한껏 들뜬 토요일 오후
주름 접힌 마음 목이 마르다
모두들 달아난 봄날
중심의 가장자리에서
오래 묵은 낯빛들이
파사갈리아 장중한 건반
음에 마음을 싣는
오후의 춤사위
종삼음악회

여름 접안接岸

활짝 펼쳐진 자귀꽃
지난밤 합궁 향기 촉촉하다
드세지 않고 여리게
시간을 다듬고 있다
점점이 떨어진 자국 붉다
고개 돌려 무심한 척 지나간다
멀리 돌아서
어디 즈음의 기록이었는지
아득한 물 속이다
닳고 닳아진 가슴둘레 뾰족하다
눈 뜨고 있어도 볼 수 없고
물살 가르며 달려가도 길은 끝이 없다
닿을 수 없는 멀어도 너무 먼,
신고 달리는 것들 버려야 할
계절은 익숙해서 거리를 둔다
텅 비어 덜컹거리는 무릎 꺾이고 뒤꿈치 거칠다
여름은 가까워지고 꽃은 낙화다
단순해진 빛살 겹겹이 닫힌 속 어둡다

사라진 자판

문자가 지워지고 있다
지시어에 떠밀려
기억들은 지워지고
모든 입들이 봉인됐다
끊긴 길은 닫힌 문 앞에서 멈췄다

마디 툭툭 붉어진 늙은 손에서
쏟아지는 길들
깊이 파인 주름 토해 내는 세월
속을 내보이지 않아도
훤하게 보일 듯 또렷한
아무리 해도 지워지지 않는
상처를 상처로 덮으며 지내온
이제는 길이 되어버린,
길이 되어서 길을 떠나는
몸 자판, 지워지지 않는 문자

마지막 한 줄 그려 넣고

봄비 내린다

보일까 말까
하도 작은 꽃들은 입을 틀어막았다

얼굴을 숙이고
향기를 닫아걸고
습기를 가득하게 받아들였다

참았던 웃음이 환하게
터지고 또 터지고

파란 개불알꽃도
매일매일 터지는 민들레도

설레는 가슴은
꽃으로 가득하고
꽃 생각에
자꾸만 달아나는 마음
갈 곳이 많아졌다

제3부 · 구름 위의 손짓

수화

손끝에서 피어나는 말들
들썩이는 심장
손바닥은 주먹을 받아안고
가슴 두드리면
태어나는 리듬

오늘 하루 참으로 멀리 돌아왔다
손끝에 그대가 보낸 말들이
샛노랗게 눈부신 저녁놀이 방금 도착했다
봄내는 걸어서
분홍빛 갈색 무씨를 뿌리고
밭을 간 그대는 땀에 흠뻑 젖어
또 어디를 훑고 있는지

수신 끝나려면 세상은 다 사라져야 한다

우기

하루 종일 비가 내렸어
집안으로 밀고 들어오는 아귀들을 피해
그는 높다란 전신주로 올라갔지
거기서 밤을 새우고 또 새웠어
도무지 알 수 없는 세상
사람들의 말은 믿을 수가 없었거든

사이렌의 유혹이었을까
메아리가 사라지고 폭우가 멈췄어
그는 여전히 높은 전신주에 매달려 있었고
아래쪽에 진을 친 가족들은
하나씩 바람에 뜯겨나갔지
투망에 걸린 물고기처럼 파드득거리며
날개가 꺾이고 아가미는 찢겼어

아무 일 없었던 것 같은 세상 속에는
나무들 수런거린 흔적만 가득했지
푸른 핏빛 쏟으며 생목 꺾인 인형들,
비릿한 피 냄새가 세상을 넘어 다녔어

쓰러지지 않으면 속으로 썩은 거야

건기가 다가와도 그는 내려오지 못했어
꼿꼿이 말라 전신주가 되어갔지

서울 카니발

모든 것은 땅 밑으로 숨어들어
아무렇지 않은 듯 숨을 삼키고 있다
동족을 사냥하던 오랜 기억이
어제 일처럼 떠올라
어린 새끼 덥석 베어 물고 돌아서는
성실 납세자

누구는 쓰러져야 하고
살기등등한 눈빛에 채여
몸 사리다 쫓겨선 아득한 낭하
태어나서부터 달려야 했고
달리다 넘어지면 짓밟혀야 했다
이승은 가시밭길
세 모녀

버티다
가슴에 돋는 가시 제 손으로 뽑으며 붉은 피 쏟아
꼬박꼬박 밀리지 않고 내밀던
마지막 방세

말 껍질을 벗기며

시베리아 어느 동네에서는
하도 추워 말이 언단다
그래서 날이 풀리면 사방에서
얼었던 말이 살아나서 귀가 얼얼하다는
어느 여행자의 전언

내가 뱉은 말도 얼어붙었으면 좋겠다
귀는 윙윙거리고
들리지 않는 말 구르다 꽁꽁
챙그랑거리며
부서지는 소리
서로 부딪히며
살아나는 말 되었으면

죽은 말들
눈 감아도 보이는 소리들
무거운 어깨 늘어뜨리고 가는 사람들

문 앞에 쪽지를 남기고

노란 종이새

먼지를 쪼아 먹고

눈물은 금방 흔적이 되고

오늘은 또 어떤 말들이 얼어가고 있을까

4월의 조조할인

D열 5번에서 C열 9번으로 옮겨진 자리
가장 먼 곳
빛의 순간만큼만 다가갈 수 있다
휘휘 저으면 물의 파문
요동치는 심장 바람은 폭풍 태양의 흑점 속으로
사방으로 튀어서
뒤틀리고 구겨지고
수많은 손과 발들 꿈틀꿈틀 부호 가득
재고 만지고 놀다 부숴버리고 밀쳐버리고
달콤 쌉싸름 암흑 주문을 외운다
공들인 소리 비늘
벗겨져 내리는 자막 위
기어 올라가는 이름들
층층 칸칸
한 편 잔인한 서사다
다시, 환속

정모 씨

스물일곱 살 그는 혼자다 열두 살 어린 나이에 아버지 여의고 하나뿐인 동생과 헤어졌다 남겨진 집 한 채 팔아버린 작은 아버지는 그를 거두지 않았다 세상 속에 버려져 배운 것 없이 전전한 일용직 날품팔이 그마저도 없어 끼니 때우지 못하고 월세 20만원 고시원 주인에게 미안해 노숙 중이다 냄새나는 그를 피하는 사람들이 그리워 공원에서 멍하니 앉아있다 쿨럭일 때마다 어깨 위 핀 곰팡이가 들썩거렸다 게으르고 무능하다 손가락질에 대꾸할 말도 사라졌다 배고파서 너무 외로워서 식당에 들어가 손님이 남긴 김치에 밥 두 공기 훔쳐 먹고 절도죄로 잡혔다

경찰서에서 목욕하고 남의 옷 얻어 입고 다시 외로움 속으로 총총히 걸어 들어갔다 그 뒤를 잠시 따라갔다 돌아온다

인간시장

처녀 아이는 솜털이 보송거렸다 그 아기는 또 다른 아기를 낳았다 어쩔 줄 몰라 허둥대다가 먹이 찾는 매 파에게 아가의 미래를 덜컥 쥐어주었다 아귀에 채인 생명은 어느 곳으로 부여되는지 어미이기에는 아직 어려서 아무것도 모르는 허공의 시간을 울다가 지쳐 잠이 들었다 돈 때문에 죽거나 살아야 하는 비틀린 시간 따뜻한 인간의 몸조차 사고 팔리는 차가운 시절 냉온 동물 꽁꽁 언 피를 가지고 사는 우리가 그들의 자식이 었다 고개를 들어 하늘을 보지 못하고 침묵하고 외면 하며 살았다 얼굴꼴 제대로 갖추지 못해 깎고 다듬어 바꿔써 봐도 악취만 나는 가면일 뿐 입에서 튀어나오 는 말들은 오염되어 도무지 사람의 언어라고 할 수 없 었다 썩어가는 인간들,의 자식들,의 자식들 낳고 죽이 고 팔아서 치우는 세상 깜깜하다 아이를 키우는 여인 은 배도 부르지 않고 아이를 샀다 존재는 존재이기 전 에 말살될 수 있었다 눈으로 키워지거나 심장으로 자 라서 다른 종족의 삶을 살아야 할지도 모른다

누대累代의 기록

곡우가 지나고 두세 차례 비가 내렸다 숲은 햇빛이 가려질 만큼 충분하게 자랐다 하얗게 질린 철쭉이 황망한 검은 도로를 지키고 있다 투명하지는 않지만 지나치게 흰빛은 이승이 아닌 것만 같다 나무의 꽃들은 다투어 피고 지고 난 후 짙은 꼭지를 남겼다 혹은 씨앗처럼 떨어져 오래된 습관을 적어내느라 하루를 다투는 나무들, 여린 풀잎도 바람에 틈틈이 기호를 밀어 넣었다

하루를 버텨내는 당신들 쉴 없이 터지는 내란 속에서 자연이 순연하게 조각을 맞추는 시간을 견뎌야 하는 대代의 처절함, 서로를 할퀴고 부수고 돌아서다 어쩌다 한번쯤 서로 꼭 끌어안으며 취하는 몸짓 다 부질없다고 하소연하면서도 끊지 못하는 원죄는 마디를 견고하게 짓고 있다 지구를 버틸 목숨을 재느라 깊은 동굴 속에서 터지는 통증, 꽃잎 같은 목숨 오늘도 가난한 나라에서는 꽃들이 지고 있다

벽에 기대 잠수 중인 남자

출구는 사라지고
틀어막은 귀에서 이탈한 선
흘러내리는 사이
한쪽으로 기울어진 어깨
늘어진 검은 가방

석간도 조간도 사라진 정거장
조그만 창을 열고 또 여는
초점 흐린 눈동자
잡힐 듯 구부러진 몸

시꺼먼 먼지 속 뚫고 튀어나오는 열차
환청인 듯 쏟아지는 빛
순간 빨려 들어가는
비틀거리는 길
얼른 감추고 싶은 꼬리들

물어뜯긴 한쪽 귀
끝없는 소음 토해내는

깊고 어두운 밤

통로 따라

아침을 끌어당긴다

즐거운 탄성

라일락 향 울타리, 이른 봄밤
한 발자국씩 찍어낸 사월
흰빛이었다가 노란빛이었다가
종종거리는 병아리 떼
달뜬 마음 밤새 종알거리다
아침을 맞았다
그것이 마지막 새벽
손톱 부러지고 목이 꺾이고
집으로 돌아오지 못한 소풍
침묵하는 바다
잡힌 발목들 시린

팽목항 목이 길어지고
노란 리본 때가 묻었다
하얀 운동화 푸른 깃발 묶은 기타
바람만 무표정하게 펄럭였다
기다리는 사람
자글거리는 바다
눈물 삼키지 못하는 가슴

바다 속 찬 사월 세 번이나 보내고
아직도 돌아오지 못하는 미수습자
삼켰다 뱉어진 조각조각 빛바랜 유품
돌아온 작은 흔적

기타와 우산을 든 아이

　창백한 낯빛, 작고 마른 몸 지하철에 올라탔다 말을 배우지 못했거나 잃어버린 듯 침묵을 지키고 있다 통로 가운데 서서 커다란 여행용 가방을 천천히 열었다 가방 속에서 풍선을 꺼내 바람을 넣었다 뺀다 조심스럽게 기타를 들어서 쓰다듬고는 가방 안에 다시 내려놓는다 우산을 꺼내 활짝 폈다가 접어 가방에 넣는다 탔을 때처럼 말없이 무표정한 얼굴로 다음 정거장에서 내렸다 어디에서 왔다가 어디로 가는 중일까 한마디 말도 없이 낯선 사람들 앞에서 홀연히 등장해 무언극을 하고 내린 토요일 오후 어느 날 갑자기 갈 곳을 잃어버렸다 내려야 할 정거장을 놓치고 말았다 열차는 입구를 활짝 열어젖혔다 비린 먼지 냄새만 가득 올라탔다 내려놓던 길을 걷어올린 열차는 다음 역으로 달려갔다

구름 클라우드

　일 미터 삼십 센티미터쯤, 구부정한 다리 하얗게 센 꼭뒤 움푹 파였다 햇살은 벼랑으로 수레를 밀어댄다 주춤주춤 마른 몸 폐지는 가득 이 아침까지 어찌 왔을까 미친 자동차들 휙휙 끌고 가는,

　길 따라 걸으며 찰칵, 손수레를 끌어 구름 위에 올려놓았다 저장된 엄마의 사진 성글성글한 머리카락 바싹 잘라 파마한 조그마한 뒤꼭지 싫은 소리 한 번 하지 못하고 웃기만 하던 묵직하고 커다란 오백 원짜리 동전이 제일 좋다던 계집아이는 사진 속 길이 꼬불꼬불

진동, 그 이름

작은 몽우리 흰 풀꽃
아무 데나 피는 개망초
이역異域 노예들 눈물
흰빛 꼭 잡고 있는 꽃무리들
입 속에서 굴려본다

하나이고 여럿인 작은 우주
두근거리는 심장들
서로 바라보다 터지는 리듬들

흩어지듯 피어서 흔들리는
빈터마다 다시 들어차는
모여서 흰빛으로 터지는
함께여서 오래 환한
목 메이게 부르다 꽃이 되는
아무도 봐주지 않아도
바람을 타고 경계를 넘어선다

제4부 · 봄날에 꾸는 꿈

부음

바람이 창문턱을 넘었다 어디 멀리서 별빛 뒤척이나 철쭉 지고 푸른 잎 가시 돋았다 환한 목련 서둘러 흙으로 돌아가고 햇살은 촘촘히 주름살 펴고 복사꽃 그늘 살구꽃 흰 꽃잎 짧은 편지처럼 새로 돋았는데

이마 순하게 짚어 주었다. 미처 물들지 못한 흙 자리 자꾸 뒤돌아보는 발자국 사이 꽃그늘에 잠시 정신 살 풋 놓았다. 봄이었다.

어디 내일 없어요?

입술 찍힌 종이컵 날마다 한 꺼풀씩 벗겨내면 사라지는 일상 똑같은 시침과 분침이 기계인형처럼 자리에서 일어나 일용할 양식을 채우고 무덤 속 집을 나선다 거리는 어제와 다르지 않았고 다행히 늘 앉아 있던 책상 역시 사라지지 않았다 아직은 너무 늙지 않았고 너무 젊지 않은 한 장의 종이달력은 벗겨져 더 이상 여윌 수 없을 때까지 소모된다 분홍 입술 찍힌 흰 종이컵이 꼬깃꼬깃 구겨져 쓰레기통 속에 처박힌다 어지럽다 미래는 어제로 돌아가지도 못한 채 막다른 길에 섰다 그들은 서로를 바라보지만 아무것도 해결할 수 없었다 텅, 터엉 소리라도 들리면 위안이 될지도 모르지만 모든 것을 남김없이 빨아들인 커다란 구멍은 소리도 용납하지 않았다

내일이 잘린 환지통은 참을 수가 없어요 견디기 위해 삼킨 시간을 뱉어내고 싶어요

봄은 더디고,

　서슬 푸른 이마 자랑하던 겨울이 물러가나보다 하얀 눈 이마에 얹고 점잔 빼며 앉아서 멀리 남쪽으로 달아나는 자동차 꼬리를 물며 해찰하다 해 저물면 동동 떠오른 달을 맞이하는 일상, 닳은 무릎으로 끊어지는 시간을 버티고 있다 모질어질까 마음부터 단단해지던 겨울이 물러서고 물씬물씬거리며 피어오르는 봄기운 빙그르 화색이 도는 것인지 흰빛 날카롭던 이마 점점이 연초록으로 물들어갈 부푼 꿈 들썩이는 것인지 진즉 열린 봄의 입구, 아이 몇을 업고 달아난 폭설의 우수절雨水節 상처를 덮고 아릿한 봄맛 혀끝에 굴리며 심장이 뛰기는 할 것인지 무거운 어깨 털고 일어날 수 있는 춘절春節 오기는 온 것인지 마음은 자꾸만 욱신거리고 무릎은 허방을 딛고 자꾸만 툭툭 꺾이는데 신발은 자꾸만 뒤축이 벗겨지는데

손가락 열전

톡톡톡
문자 통신 중
손가락이 날렵하다
중지 끝에 입술이 달리고 검지에는 눈이 달리고
뜨거운 심장은 엄지에 달린다
소리 없는 말들 무성하다

때때로 어둡고 긴 터널 입구에 도착한 부음들
먼 나라 풍경을 꾹꾹 눌러보다
기억할 수 없는 것들이 쌓여서
미래를 날아다닌다
심장이 툭하고 멈춰서 끙끙거리며
아무것도 소통할 수 없어 안달하는
깊은 나락 앞 꽉 닫힌 문 앞에서
진화하는 손가락들
퇴화하는 심장과 머리들
툭툭툭

물의 등

동그란 소리를 깨뜨리며 고인다
밤새 물은 쌓이고 소리는 고음에서 저음으로
물방울 등등등 두터워진다

작은 면들 모서리 없이 단단하다
일렁거리는 그리움
누군가를 보내는 일
동글동글 자잘한 이미지를 부서뜨리는 것이다
면面은 소리가 되는 순간 부딪힌다
부딪히고 다시 하나가 된다
커다란 플라스틱 그릇 안
깨진 음들 가득 고였다
불룩해진 수면
탱탱해진 장력을 기록한다

등 내밀던,
한때는 애인이었던 따뜻한 배후
보이지 않아도 곁을 지키는
스무 해나 먼 곳으로 떠나 돌아오지 않는
등등등, 아버지 숨소리 따라 가본다

엄마의 외출

더 이상 낮아질 수 없을 만큼 둥그렇게 말린, 조끔씩 지구 밖으로 걸어 나가시는 몸들, 불투명한 눈빛. 손톱 긴 손마디 다시 순해진다 가끔씩 들어왔다 나가는 기억들, 찾아온 사람들에게 일일이 눈빛 맞추는 기억하지 못하는 간절함, 표정 없는 얼굴 천천히 복도를 걷고 또 걷는 노구, 걸을 수 없어 걷다가 기어가는 무언의 오체투지 세상 안으로 들어가는 문은 모두 닫혀있다 떼쓰며 따라 나설까 걸어 잠근 문 저쪽에 어린 누이 오빠 생각하는 그림만 엘리베이터 문 안을 바라본다

경계는 이면과 저면 사이에 틈이 없는 찰나, 먼 곳을 바라보는 아득한 눈동자 두고 돌아서 나오는 사이, 세상 어느 것과도 바꿀 수 없는 둥글고 둥그런 몸 되어 심장 속 깊이 안착한, 그 지점에서 다시 꽃으로 환하게 피어나는, 엄마는 둥글둥글한 기억을 또 길러내고 있다 동갑내기 조카는 먼 길 떠나셨다

폐가

툇마루에 쪼로록 앉아 계신
늙은 호박들
빈 마당에 뒹구는
황금빛 태양
홀로 허전하다
지붕 폭삭 내려앉고
낮은 돌담
어깨 너머 묵정밭
흔들리는 바닷바람
들꽃이 주인 행세하신다
빈 골목 허기진 붉은 우체통
손자국만 남은 점방

모두 낡은 이름만 남았다

봄날의 즉흥곡

봄 맞으러 건물 밖으로 달아난 사람들
팝콘 매대 점원 허허로운 눈동자
바쁘던 에스컬레이터 속도가 한가롭다

젊은 남자가 여자에게 말했다
자살하고 싶어, 귓가에 확 당겨지는 무채색
수없이 꿈틀거리던 문장 중
끝없이 반복된 것,
봄날 자살하고 싶다는,
그 말이 휘이익 엘리베이터를 타고
땅 속으로 사라진다
동토의 빙하 속에서도
꽃은 환하게 불을 지피는데
한없이 아득한 입 안
씹던 껌을 뱉듯
빠져버린 잇속 붉은 비린내
허공에 들뜨는 기록
평행을 가장한 평화로운 사선
끝이 보일 듯 보이지 않는

무반주 봄의 연주

세밀하게 분절되는 농염한 공기

보이지 않는 한 점 궁극을 향해

선으로 이어지는 소리

눈부신 봄날 햇살이 신산한

텅 빈 극장 안

일요일 오후 하루 낮

투명하고 매끄러운

매끄러워서 시리고 차가운

그 말,

나의 가계家系

열아홉 살 밤마다 유서를 썼다 보헤미안 랩소디를
들으며 어디론가 달아나고 싶었던 집 캄캄하고 늘 구
석이었던 아버지에게 우리는 말을 걸지 않았다 만주로
달리던 어릴 적 기억 오래 붙들고 있던 아버지 엉덩이
에 시커먼 흔적 박아 두신 걸 염할 때 보았어 닳고 닳
아 해진 파자마를 입고 방 안에서 나오지 않은 심장 오
래 전부터 덜거덕거렸고 자주 쇳소리를 냈지 검은색
장부 한 켠에 시를 쓰고 피우고 남은 담배갑 묶어 아무
도 읽어주지 않는 시를 썼어 노랗게 변색된 나의 시화
가 걸려있던 방 늘 침침해서 멀리멀리 돌아서 집으로
갔지 햇살 밝은 날 들어가기 싫었던, 흰모시적삼 밀짚
모자에 어린 손주 손잡고 긴 나들이 중이신 아버지 지
금은 꿈속에서조차 눈부시다 어쩌면 유골 항아리 속
모퉁이 시 등燈 하나 환하게 켜두셨는가 보다

봄비 터널

이제야 봄비다
마른 검불처럼 느닷없이 불붙은
꽃빛 먼저 사그라졌다
때늦은 봄비가 긴 터널이다
우연雨然의,
녹색은 검은빛을 그림자 삼아 두터워지고
새들의 노래는 동그랗게 말려서 탱글탱글 허공을 날
아간다
춘몽春夢의 끄트머리,
축원이었다

아버지 꿈속 어린 계집아이
폴짝거리며 뛰어다니던 봄
치맛자락을 날린다
그때 돌아다본다, 우연偶然이었다

떨어진 귀를 줍다*

텅 빈 꼭두
맺혔다 떨어진다 툭,

투명하지 않은 눈동자
헐렁한 속옷 어깨 드러내놓고
늙은 딸 배웅한다 구부정하게

어디 보세요 어머니?
묻는 말 잘라먹고 툭 끊어버린다
책상에 앉아 짧은 다리 달랑거리며
책 읽는 꼬마아이
삐뚤삐뚤 쓴 시 펼쳐 보인다
지나간 시간 순간 멈췄다 피었다

어디가 제일 아파?
아픈 곳 짚지 못하는 굽어진 팔
앙상한 가지, 물기 증발한
투명한 껍질로 오물오물
막내딸 왔어요 부모님 묘 앞

굽은 허리 어린 딸이 부르는 소리
후두둑 날아가는 산새들
폴 우북한 채 말 없는 그리움
닫혀도 들리는 것이 있다

* 소설 쓰는 하명희 작가가 고르던 문장을 가져왔다

동백

활짝 문 열고
흔들어댄다
잘 견뎠다고
그 길 계속 걸어가라고
또 기다리라고

봄을 알리는 종소리
붉고 뜨겁다

고단한 몸 속 멍울 짓고
마음 놓지 않고
오래 달구다 떼어낸 흔적
봄마다

염殮

생각을 묶고
몸을 묶어야 하는 거겠지.
이생을 살면서 한번 즈음은,

묶고 묶어도 풀어지는 마음을

바람이 전하는 말을, 나무의 뿌리 저 아래 쪽에서 보내는 기운을 느끼고 새 순으로 돋아나는 뜨거운 생명을 받아서 고스란히 전하는 그런 시를 쓰려고 했다. 하지만 어쩌면 세상 아픈 일에 너무 무심하게 살았는지 모른다. 세월의 거친 마디가 될 사건들을 정면으로 마주하고 서서 아픈 비명을 제대로 시로 기록하지 못했다.

그러나 생긴 대로 살아야지. 목울대 세워 큰 소리로 외치는 이들은 그들의 모습으로 살겠지. 풀잎들 바람에 흔들리는 대로, 춤을 기꺼이 출 수 있으면 좋을, 가끔씩 똑바로 서서 작은 키 한껏 올려 보는 세상, 고개 숙여 하도 작은 것들과 눈빛 맞추며 나누는 마음을 그리고 싶다. 금빛모래로 밥을 짓고, 서로 보고 웃고 울고 어깨 다독여 주는 그런, 좁은 골목 햇살 길게 눕도록 뛰어 노는 아이를 부르는 엄마의 따뜻한 목소리 같은, 밥 끓는 냄새 가득한 골목 길 보일 듯 안보일 듯 꺾어져 가는 너의 뒷모습을 보며 시를 보내야겠다.

2019년 봄이 끝나고
너의 뒷모습을 보며
이 명 희

심장 한 점 베어 바꾼 시 한 편

이민호(시인·문학평론가)

1. 환상과 몽상

이명희의 시는 괜히 멋 내지 않아 좋다. 덧칠한 벽화 밑바닥이 드러나 서로 민망할 일이 없기 때문이다. 자, 지금 나 시 쓴다. 그런 자세를 보인 적이 없다. 그래서 형세를 살필 까닭이 없다. 아무 때나 무슨 이유로든 다 가서면 어느새 가벼이 시를 잉태하고 있었다는 것을 한참을 지나고 난 후에야 알게 된다. 지금껏 얼마나 많 은 시들이 우리에게 짐이 되었는지. 때론 시가 징그러 울 때도 있었으니 우린 그런 시를 두고 잘 생긴 아이처 럼 떠받든 것은 아닌지. 이명희의 시는 그런 유혹에서 자유롭다.

이 시집에서 그는 두 가지 꿈을 꾸고 있다. 환상과 몽상이다. "'판타지'란 허구적인 구성물로서 현실적으로 불가능한 소망들이 성취되는 장소이자 양식을 의미한다. 프로이트에 의하면 '판타지'란 진리를 가능하게 하는 구조적 조건이며, 상징적 억압 이전에 처음부터 '배제foreclosure'되어 의미를 부여받을 수 없던 것들이 다시 돌아오는 장소가 된다(오태호, 『환상통을 앓다』, 새미, 2012, 14쪽.)."는 측면에서 이 시집은 불가능한 소망들이 성취되는 장소이며 배제된 것들을 호명하는 공간이다.

바슐라르는 『몽상의 시학La Poétique de la rêverie』에서 몽상은 존재의 휴식과 평안을 나타낸다고 말한다. 그래서 몽상가와 그의 몽상은 영혼과 육체 전부 행복의 질료 속으로 들어간다고 한다. 그처럼 몽상하는 이명희의 시는 우리를 행복한 영혼의 세계로 이끌고 있다. 이 시집은 휴식과 평안의 거처이다.

환상과 몽상은 내밀한 여성적 존재가 전해주는 '거대한 고요함'이라 할 수 있다. 엘리아데가 말한 달동물lunar animal의 세계이기도 하다. 달이 차고 이지러지듯이 시집에 거주하는 주체와 대상들은 반복적 상상력 속에서 존재론적 전환의 경이로움을 보여준다. 이 변신의 기제야말로 환상과 몽상의 요체가 아닐 수 없다.

달동물의 일원으로서 이명희는 비우고 채우기를 반복하는 무한궤도를 달리고 있다. 일상은 비대해졌다 조금씩 비워내는 삶의 궤적을 따라가고 있다. 비록 비

루하지만, 구토가 일 정도로 참을 수 없지만 살아 있다
는 존재감을 잃지 않는 달의 행로에 숨겨진 생의 비밀
이 있다. 그것을 시 속에 숨겨놓았다. 그리고 그것을 정
직과 순수(「게눈 속의 순수」에서)라 홀로 짐작한다(실은
그동안 이명희의 시에서 이미 눈치챘던 것이다). 어쩌면 화
엄의 세계, 게눈 속에 비친 연꽃 같은 것이다.

한 점 희미한 불빛도 없어
캄캄한 어둠 속을 걷는다

몸은 아무것도 채우지 못하고
끈끈한 달의 둥근 장력만 삼킨 채
허공에 놓인 텅 빈 누옥이다
바람에 흔들리는
풀 꽃 하나 피우지 못해
허겁지겁 씹어 삼킨
시간도 침묵도 흔적을 지운다

달의 주기는 검은빛으로
붉은 피 흐르지 못해
고이고 고이다 기록된다
사람들은 완경을 말하지만
아무것도 이루지 못한 경境을

덮어야 하는 시점時點이 있다
비우고 비우다 경지境地가 되는
텅 빈 몸, 비움의 경지耕地를 위하여
　　　　—「빈 몸의 경지境地」전문

　시인은 어느새 빈 몸의 지경에 이르렀다. 텅 비었다. 이 무소유의 강제적 실존은 운명이다. 초경으로 여성성을 실현했듯이 완경의 비움으로 여성을 완성하는 환상을 펼치는 시간 속에 있다. 이 비움의 경지는 타블로 라사Tabula rasa의 상태처럼 일체의 편견에서 벗어나 새로운 몸을 갖게 되는 재생의 축복이기도 하다. 이 영혼의 공동체 안에서 달동물과 달동물을 지향하는 존재들은 서로 닮았고 서로를 의식하며 하나의 지향점을 향해 나아간다. 이 집단적 아니무스는 내면 깊숙이 자리한 아니마를 더욱 공고히 드러내는 힘이기도 하다. 달동물들은 서로 다르면서도 서로 같다는 일체감으로 소통하고 있다(「나를 만나고 나와 헤어지다」에서). 그처럼 이 시집 속 여백과 행간을 채우며 우리도 우주의 은유로서 대모신, 자연의 품속으로 회귀하는 행복을 한껏 누리길 꿈꾼다.

2. 오체산락五體散落, 찢김

심장을 떼어 내놓는 행위는 죽음의 상징적 제의다. 이 고통을 강요하는 존재는 무엇인가. 달의 이지러짐은 심장을 베어내듯 스스로 비우는 행위다. 그처럼 무언가 고통을 스스로 감내하는 이유가 있을 것 같다. 기꺼이 삶을 고통으로 몰고 갈 수 있는 용기는 어디서 나오는 것일까.

신화에 따르면 혁거세赫居世의 신비한 죽음이 있었다. 태어날 때도 신비로웠지만 그가 죽었을 때 그의 주검은 하늘 위로 올라갔다가 다시 지상에 내려와 다섯 토막이 되었다고 한다. 삼국유사에서는 그것을 '오체산락五體散落'이라 표현하고 있다(김열규, 『한국의 신화』, 일조각, 1976, 10쪽.). 이 산산이 부서지는 고통 행위는 무당의 재생제의 때 재현된다. 무당의 그 시신이 우선 찢어진다. 그리고는 다시 합해진다. 그로써 그 무당은 재생된 것으로 믿게 된다. 이는 달의 원리이다. 죽음과 삶의 화해이기도 하다. 이처럼 조각난 것을 합치려는 행위가 곧 이명희의 시 쓰기라 할 수 있다.

오늘 또 심장을 조각냈어요
빛나는 흰 접시 위에 살풋 올려놓았지요
유난히 비가 많은 가을이었어요

맑은 햇살에 속살까지 투명하게 말리다

어느 땐

퉁퉁 불어 흩어지다가

자꾸만 눅눅해졌어요

그래도 한 점만 드셔보세요

당신이 내 심장의 마지막 조각을 먹을 때까지만

터질 듯 두근거리며 버티고 있을 거예요

그러고 나면

겨울이겠죠

여기저기 피어나는 보랏빛 멍

온전히 드릴게요

　　　　　　　　　　—「내 심장을 드세요」 전문

밤마다 쏟아지는 유성

먼 곳에서 씨톨 하나 날아와

박혀 자리를 틀었다

대지에

심장에

　　　　　—「몽흐바타르의 노래」에서

그래 자 먹어라

내 심장을 먹고 네가

자랄 수만 있다면

기꺼이 나를 던져 너를 채워주마

—「그믐」에서

요동치는 심장 바람은 폭풍 태양의 흑점 속
으로

사방으로 튀어서

뒤틀리고 구겨지고

—「4월의 조조할인」에서

온 산천에 수없이 피었다 졌던 김소월의 산유화처럼 시인의 심장은 산화散華하고 있다. 그 심장은 하늘로 승천했던 것이며 다시 대지로 적강하는 제의에 쓰인 제물과 같다. 투명한 불꽃처럼 승화하는 시의 정수처럼 심장 한 점 먹고 변신하는 전설의 구미호처럼 시인은 모성의 여성성을 재현한다. 이는 생명과 갱신의 원형 상징적인 의미를 담고 있다. 그러므로 이명희의 시는 디오니소스적이다.

디오니소스는 헤라의 분노를 사 티탄족에게 갈가리 찢겨져 먹히고 심장만 남았다. 그러고도 두 번 세 번 태어나는 신의 경지를 구가하였다. 디오니소스의 고통은 우리에게 무슨 뜻을 전하려는 것인가. 그의 고통은 죄의 대가인가. 아니다. "디오니소스 인간은 가혹하고 참담한 현실 속에서도 삶 자체를 긍정하며, 자기가 가진 모든 것을 내어주면서도 삶의 송가를 부를 수 있는 사람이다. 또한 니체는 삶의 가장 낯설고 가장 가혹한 문제들에 직면해서도 삶 자체를 긍정한다. 자신의 최상의 모습을 희생시키면서 제 고유의 무한성에 환희를 느끼는 삶에의 의지를 디오니소스적이라고 불렀다(이주향, 「자기를 아는 자의 고통에 대한 니체의 해석」, 『니체연구』 제18집, 2010, 190쪽.)."

이처럼 이명희가 먹이려는 심장의 고통은 희생물이 아니라 다시 살고자 하는 삶의 의지의 단면이라 할 수 있다. 그가 왜 그런 고통을 스스로 직면하는지는 명백하다. 달동물의 일원이기 때문이다. 여성 정체성의 발로라 할 수 있다. 독수리에게 수없이 간을 베어 먹혔던 프로메테우스의 고통과도 비견된다. 인간애의 기원과 통하는 것이다. 그런 측면에서 니체는 『비극의 탄생』에서 다음과 같이 말한다. "고통은 죄의 결과가 아니라 인간의 조건인 것이다. 인간의 조건으로서 고통은 당연히 정당한 것이다." 그러므로 우리는 이명희가 먹이려는 심장의 두근거림이 고통스럽기는 하지만 곧 인간됨의 한 면모임을 읽게 된다.

이 찢김의 사육제는 오이디푸스적인 고통의 향연이기도 하다. 오이디푸스라는 이름은 '부어오른 발'이라는 뜻이다. 비극적 운명의 길을 부유했던 고통을 상징적으로 담고 있는 이름 부르기이다.

무릎 너덜거리도록 서성이던

삼키고 뱉고 버렸던 조각들

물고기처럼 튀어 오르는, 순간순간

심장은 환하게 두근거렸다
                                    ―「부지런한 몽상가」에서

무릎이 닳아 없어져도
천천히 가장 느린 듯 서둘러
길 위에 길 하나 낳으려
                         ―「서둘러 열리지 않는 것들」에서

그 아웃을 위하여 간절한, 무릎 툭툭 꺾이는
경배를 올린다
피가 베이는 자리를 다시 펴고, 또 펴고,
오늘도, 모든 끝에 맺히는 시작을 한 알의 열
매로,
잡아챈다, 꿈일지라도.
                                    ―「화이트 아웃,」에서

해 저물면 동동 떠오른 달을 맞이하는 일상,
닳은 무릎으로 끊어지는 시간을 버티고 있다
(…중략…) 마음은 자꾸만 욱신거리고 무릎은
허방을 딛고 자꾸만 툭툭 꺾이는데 신발은 자
꾸만 뒤축이 벗겨지는데
　　　　　　　　　　　―「봄은 더디고,」에서

　이 몇 편의 시 뿐만이 아니라 이 시집 곳곳에서 찢겨
진 몸을 목도한다. '너덜거리도록, 닳아 없어지도록' 찢
긴 몸이 허공에 산산이 흩어지는 광경 앞에 멈추지 않
을 수 없다. 더불어 비극으로 끝날 것 같은 삶의 여정
앞에 공포에 휩싸이기도 하지만 '환하게 두근거리는
심장'과 '모든 끝에 맺히는 열매'와 '다시금 잉태하는
길'과 '더디지만 오는 봄'에 찬란한 수직적 전망을 보
게 된다. 이 숭고한 시 쓰기는 '서두름'이 없는 '순간'의
미학이다. 그래서 간단없는 '쉼표(,)'의 표징으로 이어
지고 있다. 운명으로 갈기갈기 찢겼던 사지를 다시 모
으듯 자신을 찾아 나섰던 오이디푸스처럼 이명희의 시
는 우리가 인간으로서 너나없이 고귀한 존재라는 사실
을 일깨우게 하려는 뜻을 지니고 있다. 고통 끝에 부르
는 생의 찬가이다.
　그러므로 그는 '세상 다 사라질 때 까지(「수화」에서)'

누군가와 끊임없이 대화를 시도하려 한다. 그가 소통하려는 사람들은 고공농성 중인 노동자로(「우기」에서), 가난에 내쫓긴 사람들로(「서울 카니발」에서), 범죄자가 된 노숙자로(「정모 씨」에서), 미혼모와 아기들로(「인간 시장」에서), 세월호의 아이들로(「즐거운 탄성」에서) 변주되어 등장한다. 이들은 모두 무자비한 운명이 쓸고 간 디오니스소적 인간들이다. 동시에 우리로 하여금 자기 삶에 귀 기울이게 하는 사람들이다.

3. 영원으로 통하는 소멸

이명희 시의 이미지는 상승을 꿈꾸면서도 동시에 하강하고 있어 이율배반이다. 생의 역설을 담고 있기 때문이다. 돌아보면 기쁨도 한때였고 슬픔도 한때였지 않았는가. 그래서 몸은 찢겼다가 모아지고 영혼은 하늘을 향해 상승하다가 다시금 뿌리로 하강 소멸하는 달의 생물을 구조화한다.

바람이 창문턱을 넘었다 어디 멀리서 별빛
뒤척이나 철쭉 지고 푸른 잎 가시 돋았다 환한
목련 서둘러 흙으로 돌아가고 햇살은 촘촘히
주름살 펴고 복사꽃 그늘 살구꽃 흰 꽃잎 짧은

편지처럼 새로 돋았는데

　이마 순하게 짚어 주었다. 미처 물들지 못한
흙 자리 자꾸 뒤돌아보는 발자국 사이 꽃그늘
에 잠시 정신 살폿 놓았다. 봄이었다.
—「부음」 전문

　봄은 완연하다. 그런데 환한 꽃 아래 죽음 앞둔 사람
의 이마처럼 그늘이 자리하고 있다. 시인의 시선은 '미
처 물들지 못한' 채 숨소리조차 가느다란 그 자리에 머
물고 있다. 봄이 왔음에도. 그때, 바람은 삶과 죽음의
경계를 지나듯 창문턱을 넘고 있었으며, 별빛도 온전
하지 못해 명멸했으며 마침내 철쭉도 지고 말았다. 이
소멸의 경지에서 이명희의 언어로 말하면 '빈 몸의 경
지'에서 새싹이 돋다니. 덩달아 목련은 서둘러 낙화하
고 복사꽃은 그늘을 만든다. 그리고 또 거기서 햇살이
기지개를 펴고 살구꽃이 봄의 전령사로 등장한다. 이
솟음과 떨어짐의 굴곡진 자연의 섭리 또한 달의 행로
를 따르고 있지 않는가. 그가 넋을 잃고 바라보는 세계
는 이처럼 늘 소멸하는 것이다. 그것은 대지의 상상력
속에서 '뿌리'에 가닿는다.

　　촛불 끝에서 녹아드는 공기

춤의 변주, 생은 반복의 변주
매캐한 봄 먼지
문을 깊게 밀고 들어온다

　　　　　　　　　　　　　—「섬」에서

봄날 자살하고 싶다는,
그 말이 휘이익 엘리베이터를 타고
땅 속으로 사라진다

　　　　　　　　　　　　　—「봄날의 즉흥곡」에서

이제야 봄비다
마른 검불처럼 느닷없이 불붙은
꽃빛 먼저 사그라졌다
때늦은 봄비가 긴 터널이다
우연雨然의,
녹색은 검은빛을 그림자 삼아 두터워지고
　새들의 노래는 동그랗게 말려서 탱글탱글 허
공을 날아간다
　춘몽春夢의 끄트머리,
　축원이었다

　　　　　　　　　　　　　—「봄비 터널」에서

봄을 알리는 종소리

붉고 뜨겁다
　　　　—「동백」에서

　이 시집 전체가 온통 봄빛이다. 그러나 환하면서도
어둡다. 이 생의 변주는 죽음과 맞닿아 있다. 어두운
그림자는 '문을 밀고' 느닷없이 들어오고, 자살을 꿈
꾸게 하며, 서둘러 봄의 끝자락에 가져다 놓는다. 그건
새 소식이었음에도 조종처럼 온몸 흔드는 슬픔이다.
이 봄의 아이러니는 일찍이 이수복의 시에서 마주하
지 않았던가.

　　이 비 그치면
　　내 마음 江나루 긴 언덕에
　　서러운 풀빛이 짙어오것다.

　　푸르른 보리밭길
　　맑은 하늘에
　　종달새만 무에라고 지껄이것다.

　　이 비 그치면
　　시새워 벙글어질 고운 꽃밭 속
　　처녀애들 짝하여 새로이 서고

임 앞에 타오르는

香煙과같이

땅에선 또 아지랑이 타오르것다.

　　　　　　　— 이수복, 「봄비」 전문

　이수복의 시를 지배하고 있는 시적 인식은 비어버린
삶의 현장을 어떻게 추스르는가에 있다. 그래서 그의
시는 '빈 하늘'이미지로 수렴된다. 이 섬세한 감성은
이명희의 '빈 몸'의 이미지와 동일하다. 조연현이 시집
『봄비』〈발문〉에서 적었듯이 '사물을 고이 다루는' 시
형상화 방법은 삶의 허무를 스스로 치유하고자 하는
시적 반응이며 이 또한 이명희의 시에서 발골發骨되는
특장이다.

　이수복의 시 「봄비」는 삶과 죽음이 동시에 존재하고
있다. 비와 향연과 아지랑이의 선이 어우러지는 서정
의 극치를 보이고 있다. 그러나 이 굴곡진 선은 전통적
선의 미학을 드러내기보다는 현실의 균열을 내포하고
있다. 그러므로 이 파열의 극복이 이 시의 주조라 할
수 있다. 그것은 새로운 시간을 구성하는 삶의 패턴으
로서 이명희의 것이기도 하다. 그런 측면에서 조지훈
이 이수복에게 주는 다음 헌사는 이명희에게 선사해도
좋을 듯하다.

대자연의 생명을 현현시키는 시인은 먼저 천
분으로 뜨거운 사랑을 가진 사람이 아니면 안
되고, 노력을 사랑하고자 애쓰는 사람이 되지
않으면 안될 것이다. 왜 그러냐 하면, 대자연의
생명은 하나의 위대한 사랑이요, 그 사랑은 꿈
과 힘을 지니고 있기 때문이다. 다시 말하자면,
시는 생명 그것의 표현이요, 인간성 그것의 발
현이다(조지훈, 「시의 원리」, 『조지훈 전집3』, 일지
사, 1973, 15쪽.).

4. 폐허의 주인이 되기까지

이 시집은 차분하기도 하고 조곤조곤 속삭이기도 하
여 삶의 진경을 고요히 다스리고 있는 듯하지만 실상
은 폐허의식으로 가득 차 있다. '빈 몸'의 자리는 그처
럼 허무에 싸여 있다. 어쩌면 생몰을 거듭하는 달의 생
리조차 무의미 속에 빠지는 것일지도 모른다. 그러므
로 고통스런 자기 찾기의 여정은 쉽게 성취되는 것은
아니다. 시의 행로 또한 그렇지 않는가. 그도 모를 리
없을 이 지난한 시의 여로에 무슨 덧붙임이 있을 수 있
을까.

어머니

팔 하나 잘라 주세요

배가 고파요

다리 하나 잘라 주세요

허기가 가시지 않아요

어서 어머니를 먹고 무럭무럭 자라야 해요

다시 작아져서 뱃속을 들어가기 전까지

세상 다 움켜쥔 듯 커져야 해요

어머니 눈물을 주세요

방울방울 목걸이를 만들어

시간을 재고 말 거에요

거죽과 속거죽 사이

이슬이란 이슬은 다 말랐어요

어머니 젖을 주세요

끝없는 이 굶주림 재워 주세요

—「,환상통」에서

모성의 여성성으로 가득했던 시심은 어느새 멈춰 섰
다. 계속될 것만 같았던 '쉼표(,)'의 토카타는 그만 전위
에서 후위로 물러섰다. 자유분방함으로 통할 것 같던
시의 방향은 다시금 자기 자신의 내면으로 돌아가 있
다. 목적지에 다다라 마지막 한 걸음을 내딛지 못하는
극점의 고통이기도 하다. 이 자기 분열의 단말마는 빈

몸을 채울 수 없을 것 같아 두려워하는 자기강박이 아닐 수 없다.

　그러나 자기가 가진 것을 모두 내주고 비로소 자기가 누군지 알기 위해 길을 나섰던 오이디푸스도, 자기 형상을 따라 만든 인간을 위해 서슴없이 고통 속으로 향했던 프로메테우스도 모두 폐허의 주인이었다. 그러므로 지금 폐허, 혹은 고통과 허무의 공간에 있는 시인은 시적 메시아니즘messianism의 문 앞에 있는 것이다. 이제 환상의 고통에서 터진 시적 발성은 소멸했던 영혼의 부르짖음이라 다시 읽어 본다. 그렇게 '되기 위해' 들뢰즈와 가타리가 언급했듯이 '억압되고, 코드화되며, 차단당하는 삶의 흐름을 해방시키는 방법'으로서의 시 쓰기를 모색해야 한다. 🏃

매혹시편 1
빈 몸의 경지境地

1판 1쇄 펴낸날 2019년 7월 30일

지은이 이명희
펴낸이 이민호
펴낸곳 북치는소년
출판등록 제2017-23호
주소 10442 경기도 고양시 일산동구 일산로 142, 427호(백석동, 유니테크벤처타운)
전화 02-6264-9669 | **팩스** 0504-342-8061 | **전자우편** book-so@naver.com

디자인 신미연
제작 스프린트153

ISBN 979-11-965212-3-3 (03810)